L'édition originale de cet ouvrage a été publiée en 1989
à Londres par William Collins & Co Ltd
sous le titre *The Crockers on Holiday*.
© 1989, Colin et Jaqui Hawkins pour le texte
© 1989, Colin Hawkins pour les illustrations

Pour l'édition française :
© 1989, Éditions Ouest-France, Rennes
Adaptation française de Claude Lauriot Prévost
Loi 49-956 du 16 juillet 1949
sur les publications destinées à la jeunesse
Dépôt légal juin 1989
ISBN 2 7373 0286 2
N° d'édition 1593 0105
Imprimé et relié en Grande-Bretagne
par Collins, Glasgow.

# Les Croqueur
# en vacances

## Colin et Jaqui Hawkins

EDITIONS OUEST-FRANCE

Il fait un temps splendide sur la Rivière des Crocodiles.
«Drin drin, drin drin.» C'est Facteur Croc et sa bicyclette.
«Salut, les enfants,» dit le facteur.

Et il tend à Charly et Charlotte Croqueur une grande
lettre par avion.

« C'est d'Oncle Ken en Australie, » dit Papa.

« Il nous invite pour les vacances ! »

« Youpi ! Youpi ! »

Le lendemain, les Croqueur décident de partir pour l'Australie à bord de leur péniche.

Ils disent adieu à leurs amis de la Rivière des Crocodiles, et descendent jusqu'à la mer.

En route, ils font escale en France. Ils visitent la
Tour Eiffel et mangent un tas de baguettes fraîches.

«Mmm! Very good!» dit Papa.

Puis ils mettent le cap sur l'Espagne. Maman raffole de
séguedille!

En Italie, toute la famille mange des monceaux de
spaghetti et des masses de gelati.

L'escale suivante est l'Egypte : promenade à dos de chameau.

« C'est un peu pataud ! » dit Papa.

Le chameau est très fâché.

En Inde : promenade à dos d'éléphant et abondance de curry.

Maman et Mamie s'achètent un sari.

Puis, la famille se lance sur l'océan.
« Oh ! regardez, des requins ! » crie Charly.
Mais Papa et Mamie les repoussent
rapidement, et tout redevient calme.

Le voyage dure des semaines. Enfin, un beau matin, Charlotte crie : «Ohé! Terre!»

Là, devant eux, c'est l'Australie! En peu de temps, ils se retrouvent sur une rivière large et paisible.

La péniche halète dans un méandre et les voilà à la Rivière des Krocker.

«Hourra! C'est nous!» crient-ils.

«Heureux de vous voir, les gars!» lance Oncle Ken
tandis que la péniche approche de la rive.

Tout le monde est heureux. On s'étreint, on
s'embrasse, on claque joyeusement des dents.

Les vacances s'écoulent dans la joie. Papa Croqueur et Oncle Ken passent des heures à manger, boire et pêcher tout en parlant du bon vieux temps.

Maman Croqueur, Tante Katie et Mamie bavardent, font des courses et des visites à l'institut de beauté.

Charly et Charlotte s'amusent terriblement. Tous les
jours ils nagent et jouent à cache-cache avec les
kangourous ou au baiser-poursuite avec les moutons.

Un jour, Oncle Ken organise un match de cricket.
Puis ils pique-niquent sur la plage.

« Voyez un peu ces vagues ! » s'écrie Mamie. Et elle s'élance sur son surf.

Un beau matin arrivent les tondeurs de moutons.
Ils viennent à la ferme chaque année.

Papa fait un essai, mais il n'est pas très habile.
« Bêêêê! » dit le mouton furieux.
Les plus frileux enfilent des gilets afin de ne pas
prendre froid.

La chaleur est étouffante. Un après-midi, Maman Croqueur s'en va au bord de l'eau pour patauger.

«Ah! ça va mieux,» dit-elle. L'eau fraîche lui chatouille les doigts de pieds et elle s'assied pour se reposer un peu.

Wououou! Soudain une longue forme noire surgit de l'eau et frappe d'un coup sec la jambe de Maman.

« Aïe ! J'ai été mordue ! » crie-t-elle en courant chercher de l'aide.

« Quelque chose d'horrible m'a mordue ! »

« Oh ! » dit Papa, et il s'évanouit.

Tante Katie se rue vers la radio et appelle vite au secours.

« Urgence ! Urgence ! J'appelle Doc Croc. Madame Croqueur a été croquée par les crocs d'un méchant serpent ! »

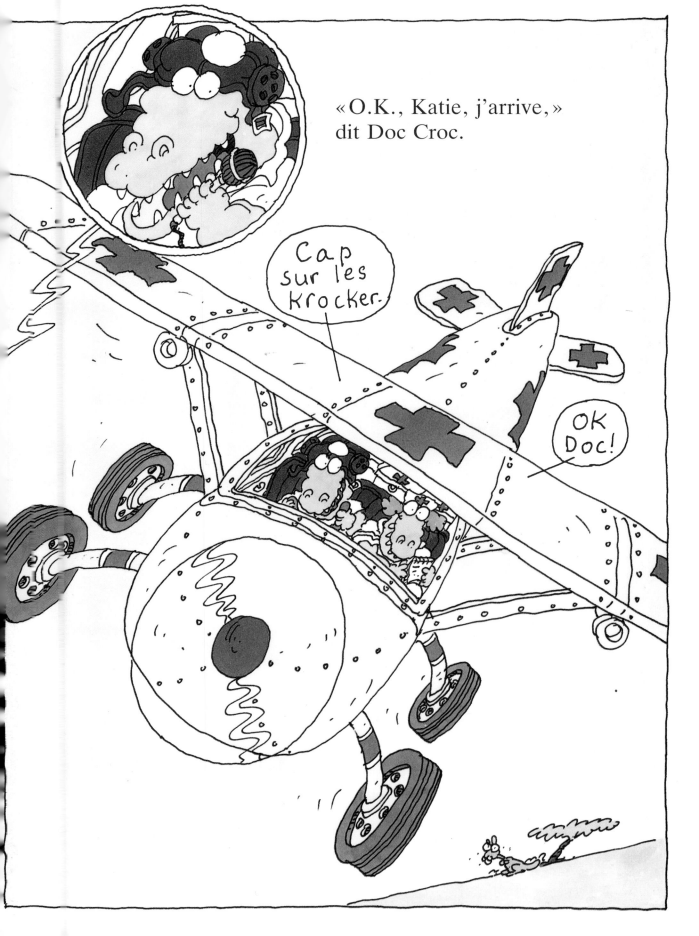

«O.K., Katie, j'arrive,» dit Doc Croc.

Presque tout de suite, l'avion du Docteur Volant atterrit chez les Krocker.

« Faites voir cette morsure de serpent, » dit Doc Croc.

« Mmm », fait-il en examinant la jambe blessée.

« Mmm, rien qui enfle, mon petit chou. »

« Pouvez-vous me montrer où vous avez vu le serpent ? »

Tout le monde se précipite au bord de l'eau.
«C'était juste là,» dit Maman en montrant la
rivière.

«Oh! Et c'est toujours là!» hurle Charly, ce qui fait sursauter tout le monde.

Sous l'eau, on voit une longue forme noire.

«A moi de jouer, les amis!» dit Doc Croc.

PLOUF ! Il saute dans l'eau.

Il y a des tas d'éclaboussements et de jaillissements tandis que le Docteur se bat avec un invisible ennemi.

« Bigre ! » bredouille le Docteur en s'ébrouant. Et il brandit le serpent hors de l'eau. « Voici le fameux serpent venimeux, » dit-il en souriant d'une oreille à l'autre et en montrant une vieille branche toute mouillée.

« Alors ce n'est pas un serpent ! » dit Maman.
« Non, mais il a un sacré coup de dents ! » dit le Docteur.
Ils se mettent tous à rire, et Maman se sent mieux.

Tante Katie décide de fêter celà autour d'un barbecue.

«Quelle bonne idée!» dit en riant Oncle Ken.
«Et maintenant, croquons un morceau!»

Alors ils mangent, ils dancent et ils chantent jusqu'à ce qu'il soit temps pour Doc Croc de s'en aller.

«Soyez prudents, les amis!» crie le Docteur. «Et faites bien attention aux serpents!»

Ils rient tous de bon cœur et font des signes d'adieu au Docteur tandis que son avion s'envole vers le couchant.

Au bout de six semaines, il est temps pour les Croqueur de rentrer chez eux.

« Revenez vite, » crient Oncle Ken et Tante Katie.

« Nous vous attendons l'année prochaine, » dit Maman Croqueur.

La péniche s'éloigne du rivage.

« Au'voir ! » dit Bébé Croqueur, et tout le monde se met à rire.